집착

집착

L'Occupation

ANNIE
ERNAUX

아니 에르노 소설

정혜용 옮김

문학동네

내가 가진 감정의 밑바닥까지 내려가볼 용기가 있다면,

나만의 진실, 세상의 진실, 끝없이 우리의 허를 찌르며

아픔을 주는 이 모든 것의 진실을

발견하고 말리라는 것을 어쨌든 알기에.

—진 리스

차례

집착 **09**

나는 늘 내가 쓴 글이 출간될 때쯤이면 내가 이 세상에 존재하지 않을 것처럼 글을 쓰고 싶어했다. 나는 죽고, 더이상 심판할 사람이 없기라도 할 것처럼 글쓰기. 진실이란 죽음과 연관되어서만 생겨난다고 믿는 것이 어쩌면 환상에 불과할지라도.

　잠에서 깨어나면서 내가 제일 먼저 하는 동작은, 잠결에 일어서 있는 그의 페니스를 쥐고 마치 나뭇가지에라도 매달린 듯 그렇게 가만히 있는 것이었다. '이걸 쥐고 있는 한 이 세상에서 방황할 일은 없겠지'라고 생각하면서. 지금 와서 이 문장을 곰곰 생각해보면, 이것 말고는, 이 남자의 페니스를 손으로 꼭 감싸쥐는 것 말고는 바랄 것이 아무것도 없다는 의미였던 것 같다.

지금 그는 다른 여자의 침대에 있다. 아마 그녀도 내가 그랬던 것처럼, 손을 뻗어서 그의 페니스를 쥘지도 모른다. 여러 달 동안 그 손이 눈앞에 어른거렸고, 그 손이 내 손인 것만 같았다.

하지만 육 년간의 관계를 끝내고 몇 달 전 W를 떠난 사람은 바로 나였다. 열여덟 해 동안의 결혼생활 뒤 다시 얻게 된 자유를 그가 처음부터 애타게 원했던 동거생활과 맞바꿀 수 없어서이기도 했지만, 그만큼 싫증이 나서이기도 했다. 우리는 그후로도 계속 전화 연락을 주고받았고, 가끔씩 만나기도 했다. 어느 저녁 그는 내게 전화를 걸어 지금 살고 있는 아파트를 나와서 한 여자와 함께 살 거라는 소식을 알려왔다. 앞으로 지켜야 할 규칙들이 있으리라. 전화를 하려면 그의 휴대전화로만 해야 하고, 만나는 것도 저녁이나 주말에는 절대 안 된다는 것이었다. 모든 것이 와르르 무너져내리는 듯한 감각 속에서

도 나는 새로운 무언가가 솟아올랐음을 깨달았다. 그 순
간부터 이 다른 여자의 존재가 나를 온통 사로잡았다. 그
녀를 거치지 않고서는 더이상 어떤 생각도 할 수 없었다.

　내 머리와 가슴과 자궁은 온통 그 여자로 채워졌고, 그
녀는 가는 곳마다 나를 따라오며 내 감정을 좌우했다. 동
시에 계속 따라붙는 그 존재로 인해 나는 강렬한 삶을 살
게 되었다. 그녀로 인해, 전에는 결코 알지 못했던 내면
의 움직임을 알게 되었고, 가능할 것 같지 않았던 온갖
것들을 꾸며낼 힘과 에너지를 발휘하게 되었고, 열에 들
떠 끊임없이 움직이게 되었다.
　이중의 의미로, 난 사로잡힌 상태였다.

　이런 상태에 들어서자, 일상의 근심과 성가심으로부
터 멀어질 수 있었다. 어떤 의미로는, 일상의 범용함에서
벗어나 있었다고 하겠다. 하지만 정치적 사건, 시사 문제
가 불러일으키기 마련인 성찰 역시 더이상 내게 아무런
영향을 미치지 못했다. 아무리 떠올리려고 애써보아도,

2000년 여름은 이륙 직후 고네스의 한 호텔에 추락한 콩코르드 비행기 사고 말고는 내게 아무런 기억도 남겨놓지 않았다.

한편에 고통이 있다면, 다른 한편에는 이 고통을 확인하고 분석하는 것 외에 다른 일은 하지 못하는 사고력이 있었다.

무슨 수를 써서라도 그 여자의 성과 이름, 나이, 직업을 알아내야만 했다. 개인을 정의하기 위하여 사회가 파악하는 이런 요소들은, 한 사람을 진정으로 알고자 할 경우 별 흥미로운 요소가 아니라고 흔히들 경솔하게 주장하는 것과는 반대로, 오히려 가장 기본적인 사항이었다. 이 요소들만이, 하나로 뭉뚱그려진 모든 여자들의 덩어리에서 신체적 사회적으로 구별되는 하나의 유형을 끄집어내주며, 그녀의 육체와 생활방식을 그려보고, 한 인물의 이미지를 다듬어나가게 해주는 것이었다. 그가 주저하면서, 그 여자는 마흔일곱 살에, 대학에서 학생들을 가르치고 있으며, 열여섯 살 난 딸을 하나 둔 이혼녀이고, 7구의 랍대로변에 살고 있다고 말한 순간부터, 말쑥한 정장 차림에 머리는 빈틈없이 손질되어 있으며, 햇빛을 차단해 어스레한 부르주아풍 아파트의 책상 앞에 앉아 강의 준비를 하고 있는 하나의 실루엣이 불쑥 떠올랐다.

47이라는 숫자는 야릇한 물질성을 띠게 되었다. 이 거대한 두 자리 숫자가 도처에 떡 버티고 있는 듯했다. 난 세월과 노화 순으로가 아니면 더이상 여자들을 자리매김할 수 없게 되었다. 그들에게서 드러나는 세월과 노화의 징후를 나의 것과 비교하면서 그들을 평가하게 되었다. 사십대에서 오십대 사이로 보이며, 부유층 구역에 사는 여성들을 모조리 똑같이 보이게 만드는 그 '우아한 단순미'를 풍기는 복장을 한 여성들은 모두, 그 다른 여자의 분신이었다.

모든 여선생에게서 완전무결하고 단호한 태도를 찾아내면서, 내가 그들 모두를 증오하고 있다는 사실을—하지만 전에는 나도 선생이었고, 나의 가장 소중한 친구들은 여전히 선생이지 않은가—깨닫게 되었다. 그리하여 나는 고등학생 때, 여선생들이 너무 충격적이어서 그 직업을 갖게 되거나 그들을 닮는 일은 절대로 없으리라고

까지 생각하던 그 시절, 그들에 대해 가졌던 인식을 되살려냈다. 그것은 나의 적의 육체였고, 이 육체는 몸體을 품고 있다는 점에서 그 이름이 그렇게 잘 어울린 적이 결코 없었던 것, 즉 교원단체 전반으로까지 확장되었다.

강의 가방을 들고 있는 전철 안의 사십대 여성은 누구든지 '그 여자'여서, 바라보는 것조차 고통이었다. 나는 내가 보이는 관심에 대해 상대가 표명하기 마련인 무관심과, 좌석에서 일어나 내릴 때—나는 역 이름을 곧 머릿속에 넣어두었다—보여주는 다소 활기차며 단호한 동작이, 전철을 함께 타고 가는 내내 W의 새 여자로 생각했던 그녀가 나라는 인격을 말살하는 태도이자 나를 비웃는 방식이라고 여겼다.

하루는, 자다가 오르가슴 때문에 깼다고 자랑하던 곱슬머리에 반짝이는 눈을 가진 J가 생각났다. 곧 그녀를 밀어내고 그 자리에 들어선 것은 바로 그 여자로, 내 눈에 보이고 내 귀에 들리는 것은 관능과 반복되는 오르가슴을 발산하고 있는 그녀였다. 마치 비범한 성적 능력을 가진 오만한 여자들의 유형, 여성 잡지 여름호의 '섹스 부록'을 장식하는 눈부신 사진 속의 여자들과 동일한 그 유형―나는 거기에서 제외되었다―이 당당하게 일어서는 듯했다.

이처럼, 내가 만나는 여성들의 육체가 그 여자의 육체로 탈바꿈하는 현상은 계속해서 일어났다. 내 눈에는 '가는 곳마다 그 여자가 보였다'.

〈르몽드〉지의 고지란이나 부동산 광고란을 훑어보다가 우연히 랍대로라는 글자가 눈에 띄면, 그 거리에 그 여자가 살고 있다는 사실이 떠오르며 정신이 흐릿해져, 무엇을 읽고 있는지도 모르는 채 활자를 좇을 뿐이었다. 앵발리드에서 에펠탑에 이르는, 알마교橋와 7구의 조용하고 부유한 동네를 포함하고 있는 일정 반경 내에, 무슨 일이 있더라도 내가 돌아다니지 않을 구역이 펼쳐져 있었다. 그곳은 늘 내 안에 존재하는 지역, 그 여자에 의해 완전히 감염된 지역이며, 파리 서쪽 근교 고지에 있는 나의 집 창문에서 뚜렷이 보이는 에펠탑 탐조등 불빛이 자정까지 규칙적으로 그 위를 쓸고 지나가면서 끈질기게

가리켜 보이는 지역이었다.

　피치 못할 사정으로 파리에, 랍대로 다음으로 그 여자와 함께 있는 그와 마주칠 가능성이 제일 많은 곳인 카르티에라탱에 갈 때면, 뭐라고 딱히 집어서 말할 수는 없지만 내게 적대적인 공간 안으로 들어가 사방에서 감시당하는 것만 같았다. 내가 그 여자의 존재로 가득 채워버린 이 구역에 나라는 존재를 위한 자리는 없다는 듯. 나는 부정행위를 저지르는 느낌이었다. 어쩔 수 없었던 경우일지라도, 생미셸대로나 생자크가를 걷는 것, 그것은 그들을 만나고 싶어하는 나의 욕망을 노출하는 것이었다. 이러한 욕망을 품고 있다고 나를 벌하는 것은 바로 파리라는 도시 전체로, 나는 나를 짓누르는 어마어마한 비난의 눈길을 느꼈다.

　질투를 할 때 가장 이상야릇한 것은, 한 도시가, 온 세상이 결코 마주칠 리 없는 하나의 존재로 가득차게 된다는 것이다.

예전의 기분을 되찾고 다른 생각을 하게 되는 드물게 맞는 유예의 순간에도, 불쑥 그 여자의 이미지가 뇌리를 스쳐가곤 했다. 그 이미지는 나의 두뇌가 만들어내는 것이 아니라 외부에서 침입한 것만 같았다. 마치 그녀가 마음대로 내 머릿속을 들락거리는 것처럼.

나는 평소에 머릿속으로 이런저런 영상들—앞으로 다가올 유쾌한 순간들, 외출, 휴가, 생일축하 저녁모임 등—을 그려보곤 한다. 그런데 정상적으로 살아갈 때라면 미리부터 기쁨을 맛보게 해줄, 그 모든 연속적인 자전적 허구마저 외부로부터 불현듯 나타나 내 가슴으로 파고들어온 이미지들로 대체되었다. 이제는 꿈마저 자유롭게 꿀 수 없었다. 심지어 나는 더이상 내가 떠올려보는 장면의 주체가 아니었다. 한 번도 본 적 없는 여자에게 무단 점령을 당한 상태였다. 아니면, 적이 내린 저주로 인해 자신이 마귀 들렸다고 여겼던 한 세네갈인이 언젠가 내게 말한 것처럼 '주술에 걸려' 있었다.

W와의 다음번 만남을 위하여 방금 사들인 원피스나 바지를 입어볼 때만 그 영향력에서 벗어난 것 같았다. 내가 상상해보는 W의 눈길이 나를 나 자신에게 되돌려주었다.

나는 그와의 헤어짐으로 인해 고통받기 시작했다.

그 여자에게 사로잡힌 상태가 아닐 때면, 나는 이제 돌이킬 수 없는 상실의 의미를 띠게 된, 우리가 함께 보낸 과거를 악착같이 상기시키는 외부세계의 공격 표적이 되었다.

서로 겹쳐지면서 사라지지 않고 쌓여만 가는 영화의 연속 장면처럼, 우리 이야기에 나오는 이미지들이 쉼없이, 어지러운 속도로, 급작스럽게 기억 속에 떠올랐다. 거리, 카페, 호텔방, 야간열차 그리고 해변이 빙글빙글 돌면서 서로 부딪쳤다. 눈사태처럼 밀려오는 장면과 풍경들, 그 순간의 끔찍한 실재감. "거기에 내가 있었구나." 나의 두뇌는 W와 연인 사이이던 시기에 집적된 모든 이미지들로부터 끊임없이 벗어나려고 했지만, 그 이미지들이 밀려들어오는 것을 중단시키기 위해 내가 할 수 있는 일이라고는 아무것도 없는 것만 같았다. 마치 그 몇 해 동안의 세상이, 그 시기만의 풍미를 제대로 음미하지 못했다고 나를 삼켜버리기로 굳게 결심한 채 복수하러 되돌아온 듯했다. 때로는, 고통으로 인해 돌아버릴 지경이었다. 하지만 고통은 내가 그렇지 않다는, 즉 미치지 않았다는 신호 그 자체였다. 이 잔혹한 회전목마를 멈추기 위해서는 커다란 잔으로 술을 들이붓든가, 아니면 이 모반* 한 알을 삼키면 된다는 것을 나는 알고 있었다.

나는 감정과 감성이 물질적인 성질을 띤다는 것을 처

---

* 수면제의 일종.

음으로 분명히 알게 되었고, 온몸으로 그것들의 밀도와 형태뿐만 아니라, 내 의식의 제재를 받지 않는 그들의 독립성과 완벽한 행동의 자유를 느꼈다. 이러한 내면 상태에 견줄 만한 것들을 자연에서 찾을 수 있었다. 날뛰는 바다, 깎아지른 절벽의 붕괴, 심연, 해조류의 증식. 난 물과 불에 빗댄 비유와 은유의 필연성을 이해하게 되었다. 심지어 가장 닳고 닳은 표현조차도, 어느 날 그 누군가가 실제 겪었던 것이다.

끊임없이, 대중가요나 라디오에서 흘러나오는 현장보도, 광고 등은 W와 내가 연인이던 시절로 빠져들게 하였다. 〈해피 웨딩〉〈좋은 사람이기만 하다면〉 같은 노래가 나오거나, 센강의 아르교橋에서 함께 보았던 거대한 조상影像들을 만든 우스만 소와의 인터뷰 내용이 방송될 때면, 난 곧 목이 메어왔다. 헤어짐 혹은 떠남 등을 상기시키는 것―어느 일요일, 삼십 년 동안 일해왔던 라디오 방송국 FIP를 떠난다는 방송 진행자―들은 그 어떤 것이든지 나를 뒤흔들어놓기에 충분했다. 질병이나 우울증으로 심약해진 사람들처럼, 나는 온갖 고통이 울려퍼지는 공명상자가 되어버렸다.

어느 날 저녁 RER* 플랫폼에 서 있다가, 작은 빨간 가
방을 든 채 기차 밑으로 몸을 던지려고 하는 순간의 안나
카레니나를 떠올렸다.

난 무엇보다도 우리 관계가 막 시작되던 무렵을, 내 일
기에 적혀 있듯이 그의 페니스의 '웅장함'을 활용하던 일
을 추억하곤 했다. 결국 내가 내 자리에 세워놓는 사람은
다른 여자가 아니라, 다시는 그렇게 될 수 없을 나, 사랑
에 빠져서 그의 사랑을 확신하고 있으며 아직 우리 사이
의 그 모든 일이 일어나기 직전의 나였다.

나는 그를 다시 소유하고 싶었다.

---

* 수도권 고속전철.

TV에서 방영해주는 어떤 영화는 극장에서 개봉될 당시 보지 못했다는 구실을 대면서 무슨 일이 있더라도 꼭 보아야만 했다. 하지만 곧 그게 진짜 이유가 아니라는 사실을 인정해야만 했다. 내가 놓쳐버린 영화는 얼마든지 있었고, 몇 년 후 그 영화가 TV에서 방영될 때면 이미 흥미를 느끼지 못했다. 만약 내가 〈육체의 학교〉를 보고자 했다면, 그건 내가 알고 있는 영화의 줄거리—충분한 생활 능력을 가진 연상의 여인과 빈털터리 젊은 남자—와, 나와 W 사이에 있었던 이야기의 연관성 때문이었다. 이제 그 연관성은 다른 여자와의 사이에서 유지되고 있지만.

시나리오가 어떻든 간에 여자 주인공이 고통스러워하고 있다면, 배우의 육체를 빌려서 끔찍스럽게 배가되어 표현되고 있는 것은 바로 나 자신의 고통이었다. 어찌나 고통스러운지, 영화가 끝나면 안심이 될 정도였다. 어느 날 저녁에는, 전후가 배경이고 끝도 없이 비가 내리는 일본 흑백영화를 보다가, 고녀의 밑바닥까지 내려갔다고 느꼈다. 육 개월 전이었다면, 내가 겪어보지 못한 고통을 그리는 영화에서 깊은 만족감을 길어올리며, 그 영화를 재미있게 봤을 거라는 생각이 들었다. 사실, 열정의 폐해를 겪어보지 못한 사람들만이 카타르시스를 누릴 수 있는 것이다.

우연히 〈나는 살아남을 거야〉라는 노래를 듣게 되면, 나는 화석처럼 굳어버렸다. 훗날 월드컵 출전 선수들의 라커룸에서 요란스럽게 울려퍼지게 될 이 노래에 맞추어, W의 아파트에서 밤에 미친듯이 몸을 흔들어댔던 적이 몇 번 있었다. 그의 앞에서 빙글빙글 돌며 춤추던 시절에는 음악의 리듬과, 세월에 맞선 사랑의 승리로 느껴졌던 글로리아 게이너의 거친 음성만이 중요했다. 슈퍼마켓에서 광고 방송 사이사이에 나오는 이 노래를 듣고 있는 내게, 가수가 반복하여 외쳐대는 가사는 새롭고도 절망적인 의미를 띠게 되었다. 나도 그래야만 할 거야, 살아남아야만 할 거야.

그는 내게 그 여자의 성도 이름도 밝히고 싶어하지 않았다.

그 부재하는 이름은 하나의 공백이자 빈틈이었고, 나는 그 주변을 맴돌았다.

우리는 변함없이 카페나 내 집에서 만나곤 했다. 때로는 놀이인 양 자꾸 되풀이되는 나의 질문에("이름 첫 자만 말해줘") 그는 "살살 꼬셔봤자야"라는 거절로 맞서다가, "당신이 알아서 좋을 게 뭐 있나?"라는 말을 덧붙였다. 알고자 하는 욕망은 삶과 지능의 형식 그 자체라고 강력하게 반박할 준비가 되어 있었지만, 결국 나는 "아무것도 없지"라고 수긍했다. 그리고 속으로는 '전부 다

인데'라고 생각했다. 어렸을 때 나는 학교 운동장에서 즐
겨 바라보던 이러저러한 다른 반 여자아이의 이름은 반
드시 알아내야만 했다. 청소년 시기에는 그 대상이 길에
서 자주 마주치던 소년의 이름으로 바뀌었고, 나는 그 이
름의 첫 글자들을 교실 책상에 새기곤 했다. 그 여자에게
이름을 붙여주게 되면, 늘 그렇듯 한 단어와 그 말의 울림
이 일깨우기 마련인 것들을 통해서 어떤 유형의 인물인
지 그려보고, 그 여자의 이미지―그것이 완전히 틀린 것
이라 할지라도―를 내적으로 소유할 수 있을 것만 같았
다. 그 여자의 이름을 안다는 것, 그것은 내 존재가 텅 비
어버린 지금 그녀에게 속한 아주 작은 어떤 것을 빼앗아
오는 것이었다.

　나는 그 여자의 이름을 알려주려 하지 않고 아주 사소
할지라도 그녀를 묘사하길 끈질기게 거부하는 그의 태도
를, 내가 폭력적이거나 혹은 교활한 방식으로 그 여자를
공격하고 한바탕 소동이라도 일으킬까봐―그러니까 나
를 최악의 일도 저지를 수 있는 여자로 여기고 있다는 것
이었고, 이 불쾌하기 짝이 없는 생각에 내 고통은 더 커

졌다—두려워하는 것으로 해석했다. 가끔씩은 일종의 약아빠진 연애술이 아닐까 하는 의심도 들었다. 나의 기대를 충족시켜주지 않음으로써 내가 다시 그에게 품게 된 욕망을 붙잡아 매어두려는 것은 아닐까 하는. 또다른 순간에는, 그 여자를 보호하려는 욕망, 내가 그녀 생각을 하는 것만으로도 그녀에게 저주가 내리기라도 할까봐, 그 여자를 완전히 내 생각 밖으로 빼내어가려는 욕망일지도 모른다는 생각이 들었다. 그럴 때면 명백하게, 그는 타인의 평가를 촉발할 리 없어 보이는 사소한 것까지도 숨기려는 습관—아버지의 음주벽을 학교 친구들에게 숨기려고 어린 시절에 갖게 된—에 따라 행동하며, 일종의 "무언 무탈"을 견지함으로써 소심한 오만함에서 나오는 그만의 힘을 길어올렸다.

그 여자의 이름을 알아내는 일은 하나의 강박관념, 어떤 대가를 치르더라도 채워줘야만 할 욕구로 변해갔다.

나는 그에게서 몇 가지 정보를 억지로 빼내기에 이르

렀다. 그가 그 여자는 파리 3대학의 사학과 조교수라고 알려준 날, 나는 급하게 인터넷에 들어가 그 대학 사이트를 찾아보았다. 여러 개의 난 중에서 전공별로 정리해놓은 교수진 소개란과 그들의 이름 옆에 병기된 전화번호를 보면서, 나는 어떤 지적 차원의 발견도 그 순간 내게 가져다줄 수 없었을 행복감을, 의심쩍고 비상식적인 행복감을 느꼈다. 나는 화면을 쭉 훑어내려가면서 차츰 환상에서 깨어났다. 사학과의 교수들 가운데 여자가 남자에 비해 그 수가 터무니없이 적었지만, 그 명단에 누가그 여자인지 알려주는 표지는 전혀 없었다.

그에게서 새로운 실마리를 빼내오면 곧 인터넷에 들어가 머리를 짜내 지칠 줄 모르고 조사에 매달렸고, 내 생활에서 인터넷이 갑자기 중요해졌다. 그리하여 그가 그녀의 박사학위 논문 주제가 바빌로니아인들에 관한 것이었다고 알려주었을 때, 나는 '박사학위 논문'을 주제어로 하여 검색엔진—이름 한번 잘 붙였군 하고 생각했다—을 돌렸다. 전공, 학교 같은 이런저런 난에 수없이 클릭하고 나자, 파리 3대학의 고대사 전공교수 명단에 내가 이미 눈여겨보아두었던 한 여교수의 이름이 올라와 있는 것이 보였다. 난 화면에 떠 있는 그 이름 앞에서 화석처럼 굳어버렸다. 이 여자의 존재는 이제 파괴할 수 없는, 잔인한 현실이 되어버렸다. 마치 땅속에서 막 발굴해낸 조상彫像 같았다. 그러고 나자 일종의 안도감이 밀려왔고, 시험을 치르고 난 다음의 느낌과 유사한 텅 비어버린 듯한 감각이 그 뒤를 따랐다.

조금 뒤 갑자기 의심이 솟구쳐, 나는 미니텔*을 두들겨 전화번호부를 뒤졌다. 그리고 수많은 조사를 거친 끝에 그 문제의 여교수가 파리가 아니라 베르사유에 산다는 사실을 알아냈다. 따라서 '그 여자'가 아니었다.

그 여자의 신원에 대한 새로운 추정이 머릿속을 스쳐 갈 때마다, 그 생각이 불쑥 떠오른 것이며, 곧장 가슴이 텅 비어버리고 양손이 뜨거워지는 증상 등이 내게는 반박할 수 없는 확실성의 근거로 보였는데 아마도 시인이나 학자라면, 계시를 받을 때 그럴 것 같았다.

---

* 인터넷이 대중화되기 이전에 프랑스 전화국이 개발한 데이터베이스 검색과 채팅이 가능한 개인용 통신 장비.

어느 날 저녁에는 교수 명단에 실려 있는 또다른 이름 앞에서 그 확실하다는 감이 오자, 곧 그런 이름을 가진 여자가 바빌로니아인들과 관련된 책을 출간한 적이 있는지를 찾아보기 위해 인터넷을 뒤졌다. 그 여자 이름 아래, "「성 클레멘스의 유골 이송」, 발표 예정"이라고 적혀 있었다. 나는 기쁨에 겨워 "성 클레멘스의 유골 이송이라, 정말로 흥미진진한 주제로군!" 혹은 "전 세계가 기다리고 있는 바로 그 글이네! 세상을 변화시킬!" 하며 W를 상대로 심술궂게 빈정거리는 내 모습을 그려보았다. 그 여자가 정성을 쏟아붓고 있는 작업을 놀림감으로 만들어 파괴해버릴 의도를 품은 문장을 끝도 없이 만들어보면서. 바빌로니아인들과 교황이자 순교자인 성 클레멘스 사이에는 아무 연관이 없다는 것에서 시작하여, 그 여자가 그 논문의 저자일 가능성이 희박하다고 판단하게 하는 다른 징표들에 생각이 미칠 때까지.

발신자 신원을 보호해주는 번호 36 51을 신중하게 누르고 난 뒤, 정성들여 적어놓은 여교수들의 전화번호로 전화하여 "W 부탁합니다"라고 말하는 것을 상상해보았다. 만약 제대로 맞아떨어져서 "기다리세요"라는 대답이 들린다면, 그가 부주의하게도 그녀의 건강 문제에 관해 흘린 정보를 활용하여, "이봐, 당신의 그 시원찮은 오줌보는 좀 괜찮아졌어?"라고 전화를 끊기 전에 상스럽게 내뱉는 나의 모습을.

그런 순간이면 태초의 야만성이 솟구쳐 올라오는 것을 느꼈다. 만약 사회가 내 안에 잠재해 있는 충동에 재갈을 물리지 않았다면 내가 저지를 수도 있었을 행위들, 예를 들면 단순히 인터넷에서 그 여자의 이름을 찾아보는 대신 "갈보 같은 년! 더러운 년! 잡년!"이라고 울부짖으며 권총으로 그녀를 마구 쏘아대는 등의 행위들이 언뜻언뜻 떠올랐다. 게다가 권총만 들지 않았다 뿐이지 나는 커다란 목소리로 종종 그런 짓을 저질렀지 않은가. 결국 내가 겪는 고통, 그것은 그 여자를 죽일 수 없다는 것이었다. 나는 원시사회의 풍습과 난폭한 사회가 부러웠다. 그곳에서는 사람을 납치하여 암살까지 하니, 고통—내게는 끝이 없는 것 같던—을 질질 끌지 않고 삼 분 안에 상황을 해결해버리지 않는가. 법정이 소위 치정범죄라는 것에 대하여 왜 관대한 조치를 베푸는지, 살인자의 처벌을 규정하고 있는 법 적용을 내켜하지 않는지, 그 이유가 내게는 자명해 보였다. 그 법은 사회생활의 필요성과 이성에서 생겨났지만, 오장육부 깊숙이 뿌리내린 또다른 법, 그러니까, 당신의 육체와 정신에 침입한 자를 제거하고자 하는 의지에는 반했다. 결국, 배겨낼 수 없는 고통의 먹이가 된 사람의 최후 행위, 오셀로와 록산*의 행위를 단죄하고 싶어하지 않는 그들의 욕망.

다시 자유로워지는 것, 내 안에 자리잡은 이 무게를 바깥으로 던져버리는 것이 문제였기에, 내가 하는 모든 일은 그 목적에 맞추어 이루어졌다.

W가 나를 사귀게 되면서 버렸던 여자가, "바늘을 꽂아서 방자**하겠어"라고 분노에 떨며 말했다던 그 여자가 생각났다. 빵의 말랑말랑한 부분으로 사람 형상을 만

---

* 라신의 비극 〈바자제Bajazet〉의 여자 주인공으로, 질투심에 사로잡혀 살인도 불사하는 연인의 대명사.
** 남에게 재앙이 내리도록 귀신에게 비는 행위.

들어서 핀을 꽂을 수도 있다는 것이 더이상 천치 같은 생각으로 여겨지지 않았다. 동시에, 두 손으로 빵을 주무르고 머리나 심장 자리에 정성들여 핀을 꽂고 있는 내 모습을 떠올려보니, 내가 아닌 다른 사람, 가엾고 순진한 한 여자를 보는 것 같았다. '거기까지 내려갈' 수는 없었다. 하지만 거기까지 내려가보고 싶은 유혹에는, 우물 안으로 몸을 수그려 저 깊숙한 곳에서 떨고 있는 자신의 이미지를 바라볼 때처럼, 사람을 끌어당기면서도 무시무시한 그 무언가가 도사리고 있었다.

여기에 글을 쓰고 있는 행위도, 어쩌면 바늘을 꽂는 행위와 크게 다르지 않을 것이다.

전에는 비난을 불러일으키거나 폭소를 자아냈던 행위들을 지금은 대체로 수긍할 수 있게 되었다. "어떻게 그럴 수 있지!"가 "나도 얼마든지 저런 일을 저지를 수 있을 텐데"가 된 것이다. 나는 내 태도와 강박관념을 몇몇 잡다한 사회 기사들―가령 몇 년 동안이나 자동응답기의 메모리가 넘쳐나도록 전화를 해서 옛 애인과 그의 새 여자를 괴롭힌 한 젊은 여인에 관한 일화—과 비교했다. 수십 명의 다른 여자들이 내게는 W의 여자로 보였다면, 보통 사람보다 약간 더 미쳤거나 대담하여 어떤 식으로든지 '요란스럽게 감정을 터뜨렸던' 모든 여자 안에는 나 자신이 투영되어 있었다.

(나도 모르는 사이에 이 이야기 역시 똑같은 본보기가 되고 있을지도 모르겠다.)

낮 동안에는 욕망을 억제할 수 있었다. 그러나 밤이 되면 자제력이 약해지면서 알고자 하는 욕구가, 마치 일상의 활동을 하느라 잠들어 있었거나 이성에 의해 일시적으로 축소되었을 뿐이라는 듯, 그 어느 때보다 맹위를 떨치며 돌아왔다. 하루종일 욕구를 억눌렀던 만큼 나는 마음껏 거기에 빠져들었다. 그것은 비만증 환자가 아침부터 철저히 음식 조절을 하다가 저녁이 되면 초콜릿 한 판을 자신에게 허락하듯이, 그토록 오랫동안 '잘 처신했다'고 내가 스스로에게 베푸는 보상이었다.

그 여자와 W가 살고 있는 건물의 모든 입주자에게 전

화를 걸어보는 것—미니텔에서 이름과 전화번호를 찾아 명단을 만들어두었다—은 내가 가장 해보고 싶은 일이었고, 또한 가장 두려운 일이었다. 그 여자의 것일지도 모를 목소리를 듣게 됨으로써 단번에 그녀의 실재에 접근하게 될 테니까.

　어느 날 저녁, 나는 36 51을 누른 다음 모든 전화번호를 차례차례 눌러보았다. 자동응답기가 돌아가는가 하면, 집이 비었는지 신호음만 울리기도 했고, 때로는 모르는 남자의 '여보세요'라는 소리에 수화기를 내려놓기도 했다. 여자가 무색무취의 똑 부러지는 어투로 전화를 받을 때면 W를 바꿔달라고 했고, 그런 사람이 없다고 하거나 목소리에 의아함이 섞여 있으면 전화번호를 잘못 눌렀다고 소리쳤다. 이런 일을 감행하는 것은 위법 속으로 뛰어드는 흥미진진한 일이었다. 나는 내가 건 각 전화번호 옆에 성별, 자동응답기, 주저했음 등의 특징들을 면밀히 적어두었다. 그런데 내가 질문하자마자 상대가 대뜸 전화를 끊어버린 일이 있었다. 나는 그녀라고 확신했다. 하지만 잠시 후 그것이 확증이 될 수 없다는 생각이 들었다. '그 여자'는 전화번호 미공개 신청자일 가능성이 높았다.

전화를 걸어본 이름들 중에 자동응답기에 자신의 휴대전화번호를 남겨놓은 도미니크 L이라는 여자가 있었다. 어떤 기회도 놓치지 않겠다고 결심했기에, 나는 다음날 아침이 되자마자 그 번호로 전화를 걸었다. 어떤 경쾌한 여자 목소리, 초조하게 기다리고 있다가 전화를 받고 행복해하는 그런 목소리가 '여보세요'라고 밝게 외쳤다. 난 아무 말 없이 가만히 있었다. 그러자 상대편 여자의 목소리는 갑작스러운 경계의 빛을 보이며, 발작적으로 '여보세요'를 되풀이했다. 그토록 손쉽게 얻은 악마적인 힘, 처벌받을 위험 없이 멀리 떨어져서 누군가를 공포에 질리게 만드는 힘을 발견한 것에 거북함과 동시에 경이로움을 느끼며, 나는 아무 말 없이 전화를 끊고 말았다.

그 당시에 나는 내 행동이, 그리고 내 욕망이 품위 있는 것인가 아닌가를 문제삼지 않았고, 이 글을 쓰고 있는 지금 이 순간에도 마찬가지다. 가장 확실하게 진실에 도달하기 위하여 치러야 할 대가가 바로 그런 질문을 제기하지 않는 것이라고 믿게 된 것이다.

어느 것 하나 확실하지 않은 상태에서 알고자 하는 욕망에 시달리던 내게, 제쳐놓았던 단서들이 갑작스럽게 다시 의미심장한 것이 될 때가 있었다. 잡다하기 짝이 없는 사실들을 끼워맞춰 인과관계를 부여하는 나의 능력은 놀라운 것이었다. 그랬기 때문에, 그가 다음날로 예정되어 있던 우리의 약속을 미루자고 한 날 저녁에 일기예보를 듣다가, 진행자가 "내일은 성 도미니크 축일입니다"라는 말로 일기예보를 마치는 순간, 그 여자의 이름이 도미니크라는 확신이 들었다. 그는 내 집으로 올 수가 없었던 것이다. 내일은 그녀의 축일이니 함께 레스토랑에 갈 것이고, 촛불을 밝히고 저녁식사를 한다든가 뭐 그런 일들을 해야 할 테니까. 이 추론은 순식간에 이루어졌다. 의심할 여지가 없었다. 도미니크라는 이름을 듣는 순간 갑작스럽게 차가워진 손, 피가 '거꾸로 솟는 듯한' 느낌은 나의 추론이 옳다는 확신을 주었다.

　이러한 탐색과 광적으로 여러 단서들을 짜맞추는 행위를 보며 지능의 탈선적 사용이라고 생각하는 사람들도 있을 것이다. 그러나 나로서는 차라리 지능의 시적 기능, 문학과 종교 및 편집증에서 작동하고 있는 것과 동일한 그 기능이라고 하고 싶다.

　게다가 나는 그 시기에 가졌던 욕망, 감각, 행위들을 추적하여 차곡차곡 쌓아가면서, 내가 겪은 대로의 질투를 써나가고 있다. 내게는 그것만이 이 강박관념에 물질성을 부여하는 유일한 방식이다. 여전히, 늘 본질적인 무언가를 놓칠까봐 두렵다. 글쓰기는 결국, 실재에 대한 질투와 같다.

어느 날 아침, 아들의 여자친구인 F에게서 전화가 왔
다. 그 아이는 이사를 했다며 내게 12구의 새 주소를 알
려주었다. 집주인이 차를 마시러 오라고 초대했고, 책도
빌려주었다고 했다. "파리 3대학 사학과 교수래요." 가
벼운 대화중에 튀어나온 이 말은 내게 눈부신 우연의 효
과를 발휘했다. 이렇게 해서, 몇 주 동안이나 헛수고를
한 뒤, 나는 앳된 목소리를 지닌 F로부터 그녀의 집주인
과 같은 대학의 같은 과 교수로 있는 그 여자의 이름을
알 수 있는 기회를 제공받은 것이었다. 하지만 F를 내 조
사에 끌어들여서, 그 아이가 괴상하다고 여겨 틀림없이
애정 문제일 거라고 눈치채게 할 호기심을 드러낼 수는

없다고 판단했다. 전화를 끊고 나자, 유혹에 굴하지 않겠다고 결심했건만 F에게 다시 전화를 걸어 그 여자에 대해 물어봐달라고 부탁하고 싶은 유혹을 떨쳐버릴 수가 없었다. 나는 자신도 모르는 사이에, F에게 어떤 식으로 말을 꺼낼지를 생각하고 있었다. 몇 시간이 흐르는 동안, 내가 노출될지도 모른다는 공포는 애타게 충족되기를 바라는 욕망이 세운 전략에 결국 밀려났다. 도착적 인물이 결국에는 지금 하려는 일이 전혀 해악을 끼치지 않을 뿐만 아니라 반드시 해야만 하는 일이라는 확신에 빠지고 말듯이, 저녁 무렵이 되자, 그러한 정신상태가 된 나는 F가 집에 있어서 조사가 지연되지 않고 "F, 부탁할 게 있어! 아주 황당한 거야! 이름을 알아봐줄 수 있을까?" 같은, 오후 내내 머릿속에서 이리저리 굴려봤던 문장을 마침내 말할 수 있길 애타게 바라면서 F의 전화번호를 결연히 눌렀다.

과녁을 정통으로 맞혔다고 생각한 순간에는 늘 그랬듯이, F에게 조사를 부탁하고 나자 축 늘어져 나 자신이 텅 비어버린 듯한 기분이 들었고, 언제 대답을 듣게 될지, 심지어 그 대답의 결과가 무엇일지에 대해서조차 관심이 사라져버린 것 같았다. F의 대답은 새로운 의심을 심어

주었다. 집주인은 어떤 교수를 말하는지 전혀 짚이는 데
가 없댔다. 집주인 여자가 거짓말을 하는 것이며, 그 여
자를 알고 있지만 그녀 역시 그 여자를 보호하고 싶어한
다는 생각이 들었다.

　　나는 일기에다가 "다시는 그를 보지 않기로 결심했
다"라고 적었다. 이 말을 적는 순간에는 더이상 고통이
느껴지지 않아서, 글쓰기로 인해 고통이 가벼워진 것을
상실감과 질투가 끝난 것으로 혼동했다. 그러나 일기장
을 덮자마자, 그 여자의 이름을 알고 싶고, 그 여자에 관
한 정보들을 얻어내고 싶다는 욕구에 다시금 시달렸는
데, 그 일들 전부 다 또다시 고통을 낳게 될 터였다.

　　그가 내 집에 왔다가 화장실에라도 가 있으면, 어쩔 수
없이 나는 입구에 놓아둔 그의 강의 가방에 이끌렸다. 그
가방 안에는 내가 알고 싶어하는 모든 것, 이름, 전화번

호, 어쩌면 사진까지 있을 거라고 확신했다. 나는 소리 없이 다가갔고, 그 검은 물체에 손을 대고 싶었지만 그렇게 하지는 못하면서 홀린 듯이 숨죽인 채 서 있었다. 그 가방을 들고 정원 안쪽으로 달아나 그것을 열고 안에 있는 물건들을 하나하나 끄집어내서는, 소매치기처럼 행복을 찾아낼 때까지 그 물건들을 아무데나 내던지는 내 모습이 눈앞에 떠올랐다.

랍대로의 주소지로 몰래 찾아가서 그녀가 누구인지를 알아내는 일쯤은 분명 쉬웠을 것이다. 내가 알지 못하는 비밀번호를 눌러 문을 열어야 하는 곤경을 피하기 위해, 같은 건물에 진료실이 있는 산부인과의사와 약속을 잡는 상상을 해보기도 했다. 하지만 그 여자에게 혹은 같이 있는 두 사람에게 들킬까봐 두려웠으니, 그렇게 되면 더이상 사랑받지 못하는 여자의 버림받은 모습을 적나라하게 드러내게 될 것이고, 여전히 사랑받고 싶어하는 욕망을 노출하게 될 테니까. 물론 사설탐정을 살 수도 있었다. 하지만 그것 역시 어떠한 존경심도 불러일으키지 않는

직업을 가진 누군가에게 내 욕망을 내보이는 것이었다.
나는 그 여자의 이름을 발견하는 일을 나 자신에게만, 혹
은 우연에만 기대고 싶어했던 것 같다.

　글쓰기를 통해 나의 강박증과 고통을 여기에 노출하고
있는 행위와, 랍대로에 가면 그들 눈에 띌지도 모른다는
생각에 노출을 두려워하던 것은 완전히 다른 것이다. 글
쓰기, 그것은 무엇보다도 타인의 시선에서 벗어나기다.
나의 얼굴, 나의 육체, 나의 목소리, 나라는 인간의 특징
을 형성하는 이 모든 것을 나와 마찬가지로 집어삼킬 듯
바라보고는 내팽개쳐버릴 누군가의 눈앞에 드러내는 것
은 상상조차 할 수 없고 더없이 잔인하게 여겨졌던 만큼
이나, 지금은 내 강박증을 드러내고 헤집어보는 일에서
어떠한 거북함도―마찬가지로 도발도―전혀 느끼지 못
한다. 진실을 말하자면, 난 정말이지 아무 느낌도 없다.
나를 본거지로 삼았던 그 질투가 꾸며내는 온갖 상상과
행동들을 묘사하려고만, 개인적이며 내밀한 것을 느낄
수 있고 알 수 있는 실체로 변모시키려고만 애쓰고 있다.
내가 글을 쓰고 있는 이 순간에는 물질성이 결여된 모르

는 사람들이지만, 아마도 언젠가 그들은 나의 체험을 제 것으로 삼게 되리라. 여기에 기록되는 것은 더이상 나의 욕망, 나의 질투가 아니라 그저 욕망, 그저 질투이며, 나는 타인의 시선에서 벗어난 곳에서 작업한다.

내가 그의 휴대전화로 전화를 걸면―당연히 그는 그 여자와 함께 사는 집 전화번호를 알려주지 않았다―"그렇지 않아도 조금 전에 당신 생각을 하고 있었는데!"라고 그가 신기한 듯 말할 때가 있었다. 그러나 그런 말을 듣게 되면, 기뻐하거나 정신의 교감을 믿게 되기는커녕 낙심만 할 뿐이었다. 그것은 내게 단 한 가지 의미로만 들렸다. 그 나머지 시간에는 내가 그의 생각 밖에 있다는 소리였다. 그것은 나로서는 절대로 할 수 없었을 말이었다. 내 경우는 아침부터 저녁까지 그와 그 여자 생각이 머릿속을 떠나지 않았으니까.

이야기를 나누다가 그는 때때로 아무 생각 없이 "내가 당신한테 말 안 했던가?"라는 질문을 던지고는, 대답을 기다리지도 않고 최근 자신의 생활에 일어났던 일을 주워섬기며 일과 관련된 소식을 알려왔다. 이 질문 아닌 질문에 내 표정은 곧 어두워졌다. 그가 그 여자에게는 이미 이 이야기를 했다는 것을 의미했으니까. 곁에 있기 때문에, 평범한 것에서부터 중요한 일에 이르기까지 그에게 일어나는 모든 것을 처음으로 알게 되는 것은 그 여자였다. 나는 늘 두번째로—그것도 잘해야—알게 되었다. 나는 지금 벌어지고 있는 일, 지금 생각하고 있는 것을 즉각 공유할 수 있는 가능성을 빼앗긴 상태였는데, 그것이야말로 연인 사이를 편안히 하고 지속시키는 데 커다란 역할을 하는 것이다. "내가 당신한테 말 안 했던가?"라는 말은 나를 가끔씩 만나는 친구나 친지 그룹으로 분류해넣었다. 이제 그는 매일매일 자신의 삶을 털어놓기 위하여 더이상 나를 필요로 하지도, 나를 가장 먼저 찾지도 않았다. "내가 당신한테 말 안 했던가?"라는 말은 가끔씩 만나서 그의 이야기를 듣는 것이 나의 역할임을 일깨웠다. "당신에게 말 안 했던가?"는 곧 당신에게 그걸 말할 필요가 없었지라는 소리였다.

그동안 나는 매일 보고 들은 것들로 엮어가는 내면의 이야기를, 사랑하는 사람과 떨어져 있게 될 경우 그를 염두에 두고 준비하기 마련인 그 이야기를 지치지도 않고 만들어내면서 살아왔다. 내 일상의 묘사는, 나는 곧 깨달았는데, 더이상 그의 관심을 불러일으키지 못했다.

삼십대 남자에게 제공되는 모든 가능성 중에서 그가 마흔일곱 살의 여자를 기꺼이 택했다는 사실은 나로서는 용납하기 힘든 것이었다. 내가 보기에 그런 선택은, 내가 생각한 것처럼 그가 나라는 유일한 존재를 내 안에서 발견하고 사랑한 것이 아니라, 경제적 독립, 안정된 생활, 타고난 취향은 아닐지언정 몸에 배게 된 모성적 태도, 그리고 성적 다감함으로 특징지어지기 마련인 완숙한 여인을 사랑했을 뿐이라는 명백한 증거였다. 나는 내가 대량 생산되어 대체될 수 있는 존재임을 확인했다. 이 논리를 거꾸로 뒤집어서, 그의 젊음이 가져다주는 이점들이 그에 대한 나의 집착에 중요하게 작용했음을 인정할 수도 있었을 것이다. 하지만 객관적으로 성찰해보려고 애쓰고 싶은 의욕은 조금도 생기지 않았다. 나는 자기기만의 희열과 폭력에서 절망에 대한 구원을 발견했다.

　나는 사회적으로 내 작업을 인정받음으로써 그 여자에 대해 느꼈을지도 모를 보상적 우월감을 외부에서 바라보았다. 타인들이 어떤 상상을 할지, 그들의 시선을 그려보고 추측해보는 것은 무척이나 기운을 돋워주고 허영심을 만족시켜주기 마련이지만, 그것조차 그녀의 존재에 대해서는 아무런 영향력을 발휘하지 못했다. 상대방과 다른 점은 모두 열등한 것으로 바꾸어놓으며 자아를 지워버리는 질투라는 감정을 겪으면서, 나의 육체, 나의 얼굴뿐만 아니라 나의 활동, 내 존재 전체가 평가절하되고 있었다. 심지어 그가 그 여자의 집에서 내 집에는 나오지 않는 파리 프르미에르 채널을 시청할 수 있다는 사실이 죽도록 고통스럽기까지 했다. 그 여자가 운전할 줄 모르고 면허 시험을 본 적이 없다는 사실은 지적 탁월함의 징표로, 실제적인 것들에 대한 무관심이 보여주는 우월성의 표지로 느껴졌다. 나는 스무 살에 면허를 따서 다른 사람들처럼

스페인으로 일광욕하러 갈 수 있게 되었을 때 기뻐 날뛰
었는데.

　유일하게 희열을 느끼는 순간은, 그가 아직도 나를 만
나고 있으며, 가령 얼마 전에 내 생일선물로 브래지어와
T팬티를 선물했다는 사실을 그 여자가 알게 되는 상상을
할 때였다. 그러면 온몸의 긴장이 풀어졌고, 진실이 드러
났다는 지극한 행복감 속에 잠겨들었다. 마침내 고통이
육체를 바꿔 탄 것이다. 난 그녀가 느낄 고통을 상상하면
서 내 고통을 일시적으로나마 덜 수 있었다.

　어느 토요일 저녁 생탕드레데자르 거리에 갔을 때, 특
별히 즐거울 것도 없이 너무나 뻔한 의례에 체념하듯, 그
와 함께 주말을 보냈던 추억이 떠올랐다. 그러니까 권태
며 그와의 결별로 나를 내몰았던 그 모든 것을 쓸어버리
기 위해서는 그 여자의 이미지가, 그녀가 그에 대해 품고
있는 욕망이 가공할 힘을 가져야 했다. 그 순간 나는 음
부, 그러니까 그 여자의 음부가 세상에서 가장 중요한 것

임을 인정했다.

지금, 그것이 내게 글을 쓰게 하고 있다.

가장 커다란 행복처럼 가장 커다란 고통도 타자로부터 오는 것 같다. 어떤 이들은 고통이 두려워 고통을 피해가려고, 적당히 사랑하고 음악이나 정치참여나 정원 딸린 집 등의 관심사의 일치를 더 중시한다는 것이, 섹스 파트너를 삶과 유리된 쾌락의 대상으로 보고 여럿 둔다는 것이 이해된다. 그렇긴 해도, 육체적이고 사회적인 다른 고통에 비해 내 고통이 비이성적이고 심지어 물의를 일으킨다고 여겨졌더라도, 내게는 그것이 하나의 사치로 여겨졌더라도, 그 고통이 생의 평온하고 유익했던 몇몇 순간보다 더 좋았다.

심지어, 학업과 악착스러운 노동, 결혼, 출산의 시기를 거치면서 사회에 갚아야 할 나의 몫을 다 지불하고 난 뒤, 드디어 청소년기 이래 시야에서 놓쳐버린 본질적인 것에 몰두하게 된 듯했다.

그가 하는 말은 무엇 하나도 예사롭게 들리지 않았다. 그가 "소르본 도서관에서 작업했어"라고 말하면 '그들이 함께 소르본 도서관에서 작업했다'로 들렸다. 그의 모든 말은 끊임없이 해독하고 해석해야 할 대상이었고, 그 해석이 맞는지 확인할 길이 없어 고통스럽기만 했다. 처음에는 주의를 기울이지 않았던 말들이 밤이 되면 다시 떠올라서, 갑자기 분명하고도 절망적인 의미를 띠며 나를 괴롭혔다. 일반적으로 언어에 부여하는 교환과 소통의 기능은 뒷전으로 밀려났고, 그의 사랑이 그녀에 대한 것인가 아니면 나에 대한 것인가 그 한 가지만을 의미하는 기능으로 대체되었다.

나는 그에게 내밀 불만 리스트를 작성했다. 비난을 하나씩 적어나갈 때마다 강렬하며 순간적인 만족을 맛보았다. 며칠 후 그에게서 전화가 왔을 때, 나는 그가 저지른 엄청난 양의 잘못들을 열거하려다가 그만두었는데, 어떤 이득을 바라지 않고는 잘못을 인정할 수 없지 않을까 하는 의구심이 들었기 때문이다. 그런데 그는, 아마도 자신을 가만히 내버려둬달라는 것 말고는, 이제 내게 바라는 것이 아무것도 없었다.

　욕망이란 도움이 될 만한 모든 것을 논거로 끌어다 사용하는 놀랄 만한 능력을 갖고 있어서, 나는 창피한 줄도 모르고 잡지 속에 굴러다니는 상투적이며 진부한 생각들을 내 것으로 삼았다. 그리하여 그 여자의 딸이 어머니보다도 훨씬 어린 어머니의 연인을 참아내지 못해서, 혹은 딸아이가 그와 사랑에 빠지게 되어서, 그들이 더이상 함께 살 수 없게 될 거라고 믿기에 이르렀다.

　길을 걷다가도 혹은 반복되는 집안일에 매달려 있다가도, 그는 계략에 걸려든 것이니 내게로 돌아와야만 함을 입증하기 위한 논리들을 쌓아올렸다. 그 어떤 다른 주제도 불러일으키지 못했을 열의로 표현방식에 공들이며 내면으로 써나가는, 힘들이지 않고도 무궁무진한 논거들이 꼬리를 물고 이어지는 글들. 우리가 사귄 지 얼마 안 되었을 때 끝도 없이 머릿속에 펼쳐보았던 에로틱한 장면들, 이제는 실현될 수 없어 다시 생각하지 않으려 조심하는 그 장면들, 그 모든 쾌락과 행복의 꿈들은 설득을 목적으로 하는 메마르고 빈약한 말들에 자리를 내주었다. 마침내 그의 휴대전화로 통화할 수 있게 되었을 때, 내가 쌓아올렸던 논리는 "난 남들이 날 압박하는 게 싫어"라는 그의 간명하며 예리한 한마디에 무로 돌아가버렸고, 그러자 내 말이 얼마나 억지스러웠는지 눈앞에 드러났다.

유일하게 진실한 것, 결코 말하지 않을 진실은 "난 너와 섹스하고 싶고, 그 여자를 잊게 만들고 싶어"라는 말이었다. 그 밖의 것은, 엄밀하게 말하자면 모두 가짜였다.

어떤 논리로 그를 공략할지 궁리하던 중에, 갑자기 하

나의 문장이, 눈부신 진실을 담은 듯한 문장이 떠올랐다. "넌 내가 구속했다면 절대로 받아들이지 않았을 거면서 그 여자의 구속은 받아들이고 있어." 이 진실은 상처주고 싶은 욕망, 그가 나의 논거가 된 자신의 의존성에 맞서 저항하게 만들고 싶은 욕망으로 꽉 차 있었던 만큼, 반박할 여지가 없어 보였다. 나는 내가 선택한 단어들과 간결한 표현에 만족했다. 당장에 그 '독살스러운' 말을 내뱉고, 공들여 다듬은 완벽한 나의 대사를 상상 속 무대에서 삶의 무대로 옮길 수 있었더라면 좋았을 것이다.

어떤 일을 반드시 해야 하며, 조금이라도 지체되는 것을 참지 못하고 즉시 그 일을 행하는 것. 광기와 고통의 상태를 특징짓는 이 긴급의 법칙, 나는 끊임없이 그것을 겪고 있었다. 막 발견해내서 문장으로 다듬어놓은 진실을 휘둘러 그에게 타격을 가하기 위해 다음번 전화를 기다려야만 한다는 것을 용납할 수 없었다. 마치 시간이 흐르면서 그 진실이 진실이기를 그쳐버릴 수도 있다는 듯이.

동시에 그것은 전화 한 통, 편지 한 통, 함께 찍은 사진의 반송을 통해 고통을 털어버리려는, 결정적으로 "자기

손이 미치지 못하는 곳에" 그 고통을 부려놓으려는 바람
이었다. 하지만 늘, 마음 깊은 곳에는, 그 시도가 실패하
기를 바라는 욕망, 이제 세상에 의미를 부여하고 있는 그
고통을 간직하려는 욕망. 그 모든 행위의 진정한 궁극적
목표는 그가 반응하게 만듦으로써 고통스러운 관계를 유
지하는 것이었으니까.

종종, 이런 식으로든 저런 식으로든 행동해야 한다는
긴급함에는 고심할 거리들이 따라붙었다. 편지를 써야
하나 전화를 해야 하나. 오늘, 내일, 아니면 일주일 뒤가
나을까. 이것 말고 차라리 저것을 말할까. 결국 이도 저
도 효과적이지 못하리라는 의구심에, 카드나 작게 접은
종잇조각들을 섞어놓고 눈을 감은 채 무작위로 하나를
뽑기로 했다. 답을 읽으면서 느끼는 만족이나 후회는 내
가 실제로 원하는 것이 무엇인지 알아내는 데 도움이 되
었다.

당장 그에게 전화하고 싶어 안달하면서도 즉각 행동
으로 옮기려는 욕망에 굴하지 않고 하루나 며칠씩 연기
한 경우, 내 어색한 목소리, 내 입에서 나오는 시효를 놓

쳤거나 공격적인 말들은 유예기간에서 생겨나리라 기대하던 효과를 망쳐버렸다. W에게는 있는 그대로, 그러니까 속이 뻔히 들여다보이는 공작으로 여겨졌고, 그렇다는 사실은 나도 감지했다.

그가 나와 이야기하기를 피하며 두 여자 사이에 끼인 무기력한 남자의 모습을 내 앞에서 드러낼 때면, 솟구치는 분노가 논리적 설득력과 언어의 절제된 사용을 날려버렸다. 내 고통을 욕설—"이 돌대가리야, 그 잡년하고 잘해봐"—로 폭발시킬 지경이 되면, 나는 울음을 터뜨렸다.

어느 일요일 오후, 프랑스에 잠깐 들른 L과 극장에 갔다. 그를 다시 보는 것은 칠 년 만이었다. 그날, 우리는 꼬리를 물고 저절로 이어지는 행위들에 이끌려 그의 부모 집 거실에 놓여 있는 소파 위에서 섹스를 했다. 그는 내가 아름다우며, 기가 막히게 잘 빨더라고 말했다. 차를 몰고 집으로 돌아오면서, 내가 놓여나기 위해서는 그걸로 충분하지 않다고 생각했다. 내가 종종 성행위를 통해 얻고자 했던 '정념의 정화작용'—"아! 네 물건을 어서 넣어줘/그리고 끝장내버려/아!/그 이야기는 이젠 그만"과 같은 외설적 유행가가 아주 잘 표현해낸 걸로 보이는—은 일어나지 않았다.

〔나는 성적 쾌락에서 모든 것을, 그것 자체를 넘어서는 것을 기대했다. 사랑, 융합, 무한, 글쓰기의 욕망. 이제껏 내가 성적 쾌락으로부터 얻어냈다고 여기는 최상의 것, 그것은 냉철함으로, 감상주의에서 탈피해 갑자기 단순하게 세계를 바라보게 되는 것이다.〕

가을에, 전공專攻간 합동 토론회에 연사로 참가했을
때, 청중석 둘째 줄에 앉아 있는 한 여자의 시선이 끊임
없이 내게 와서 머무름을 알아챘다. 짧은 갈색 머리칼에
몸집이 자그마한 편이었고, 우아하고 단정한 사십대의
여자로, 어두운 색깔의 정장 차림이었다. 등에 메는 가죽
가방이 그녀의 옆 좌석에 놓여 있었다. 즉각 그 여자일
거라는 확신이 들었다. 다른 연사들의 발표가 이어지는
동안 우리의 시선은 계속 서로에게 끌렸고, 눈이 마주치
는가 싶자마자 둘 다 재빨리 시선을 돌려버렸다. 토론 차
례가 되자 그녀는 발언을 요청하였다. 그러고는 편안한
태도에 넘치는 자제력을 보여주는 목소리로 내 옆에 앉

은 연사를 향해 내가 발표한 내용과 관련된 질문을 했다. 이처럼 명백하게 나를 무시하는 태도는 확연한 증거였다. 아마도 대학마다 나붙었을 토론회 안내문을 읽고서, 내가 어떻게 생겼는지 보고 싶어 찾아온 그 여자일 거야. 나는 아주 나지막한 목소리로 양옆의 연사들에게 저 여자가 누구냐고 물어보았다. 두 사람 다 모르는 사람이라고 했다. 그녀는 오후 토론회에는 오지 않았다. 그때부터 그 여자는 강연회에서 마주친 무명의 갈색 머리 여자의 모습으로 그려졌다. 나는 그로 인해 휴식을, 심지어 즐거움마저 느꼈다. 그러고 나자 단서가 충분하지 않다는 생각이 들기 시작했다. 단서들—증인도 있으니까 물론 확실하다고는 하지만—이상으로, 나는 대학의 조용한 토론회장에서 내가 품고 있던 이미지에 들어맞는 육체와 목소리와 헤어스타일을 발견하고, 몇 달 전부터 증오 속에서 확신을 갖고 가꾸고 유지해온 이상적인 타입을 만났던 것이었다. 그녀가 내성적이며 금발의 곱슬머리에 44사이즈의 빨간색 옷을 입는 여자일 가능성도 그만큼 있었지만, 그저 그렇게는 믿을 수 없었는데, 그런 여자를 내 머릿속에 그려본 적이 단 한 번도 없어서였다.

어느 일요일 P의 텅 빈 중심가를 걷고 있었다. 카르멜 수도원의 문이 열려 있었다. 난생처음으로 그곳에 들어가보았다. 한 남자가 얼굴을 성상 앞 바닥에 대고 양팔을 십자가 모양으로 벌린 채 길게 엎드려서 소리 내어 기도를 올리고 있었다. 못박힌 듯 엎드린 남자의 고통을 지켜보고 있자니, 나의 고통은 진짜가 아닌 것 같았다.

만약 그가 갑자기 내게 "그 여자와 헤어지고 당신에게 돌아가겠어"라고 말한다면, 직후의 절대적인 행복과 거의 배겨날 수 없을 광희의 순간이 지나가자마자, 오르가슴이 지나가고 난 뒤의 육체처럼 정신적 흐물거림과 탈진을 느끼게 될 것이며, 도대체 왜 이걸 그토록 얻고 싶어했는지 스스로에게 묻게 될 거라는 생각이 문득문득 들었다.

그 여자의 몸 속으로 들어가고 있는 그의 페니스는, 그가 조심스럽게 단수로 말하면 나는 늘 복수로 듣던 그의 일상보다는 자주 떠오르지 않았다. 그를 그녀에게 단단히 결합시키는 것은 에로틱한 동작들(이것은 해변, 사무실 한 귀퉁이, 시간 단위로 빌려주는 호텔방 등에서 마구잡이로 계속 행해지고 있다)이 아니라, 그가 점심때 그녀에게 사다주는 바게트, 빨래통 속에 뒤섞여 있는 속옷들, 볼로냐 소스를 뿌린 스파게티를 함께 먹으면서 보는 텔레비전 뉴스 등이었다. 내 시선이 미치지 않는 곳에서 천천히 그리고 확실히 진행되고 있는 길들이기 과정이 그를 조여오기 시작하고 있었다. 함께하는 아침식사, 하나의 컵에 나란히 꽂혀 있는 칫솔 등, 상호침투 작용은 물리적으로 그리고 눈에 띄지 않게, 결혼생활이 때때로 남자들에게 안겨주는 막연한 포만감의 표정을 그에게 가져다주고 있는 것 같았다.

그와 연인이었을 때는 그렇게도 두려워하던, 소리 없이 차곡차곡 쌓여가는 습관의 힘이 이제는 난공불락으로 보였고, 신경이 쓰이고 불만에 시달리고 불행해질 각오까지 하면서도 곁에 묶어두고 싶은 남자를 데려다가 부양하길 고집하는 부류의 여자들이 옳다는 생각이 들었다.

이제 나는 "당신, 페니스 좋아하지, 그렇지?—아무 페니스나 말고, 네 거" 따위의, 예전엔 거리낌없이 서로 속삭이던 대화를 전화로 나누고 싶어져도 그만두게 되었다. 그에게는 그런 말들이 페니스를 부풀게 하기는커녕 흥분을 싹 가시게 하는 외설스러움에 지나지 않을 터였다. 그가 치근대는 창녀를 대하는 유부남처럼 "고맙지만 나한테 필요한 건 집에 있어"라고 대답할지도 몰랐다.

이 방에서 저 방으로 가거나 길거리로 나서는 것만큼이나 간단하게 이 사로잡힌 상태를 끝장내고 저주를 끊어버릴 수 있을 것 같은 순간이 점점 잦아졌다. 하지만 내겐 무언가가 부족했다. 그것이 어디에서 올지―우연히 올지, 바깥에서 올지, 나 자신으로부터 올지는 알 수 없었지만.

어느 날 오후, 나는 그와 함께 생필립뒤룰 근처의 어느 카페에 있었다. 날씨는 얼음장 같았고, 카페 안의 난방은 신통치 않았다. 내가 앉은 자리에서는, 카운터 아랫부분을 야릇하게 장식하고 있는 타원형 거울에 비치는 내 다리만이 보였다. 신고 있는 양말의 목이 너무 짧아서, 들린 바짓단 밑으로 하얀 살이 테를 둘러놓은 것처럼 보였다. 그 카페는 내가 한 남자 때문에 슬퍼했던 그 모든 카페의 총체 같았다. 그는 평소와 다름없이 모호하고 신중했다. 우리는 전철역에서 헤어졌다. 그는 여느 때처럼 다시 그 여자를 만나기 위해, 내가 결코 알 수 없을 그 아파트로 돌아가기 위해, 나와 허물없이 살았던 것처럼 그녀와 그렇게 계속 살기 위해 돌아갔다. 계단을 내려가면서 나는 되풀이해서 말했다. 이건 너무 파괴적이야.

 다음날 밤, 심장이 격렬하게 뛰어 잠에서 깼다. 한 시간밖에 자지 못했다. 무슨 대가를 치르더라도 내뱉어야 할 고통이나 광기라고 할 만한 것이 내 안에 있었다. 나는 일어나서 거실을 가로질러 전화기가 있는 곳으로 갔다. 그러고는 그의 휴대전화 번호를 누르고 음성사서함에다 "더이상 널 보고 싶지 않아. 뭐 별 문제는 아니야"라고 말했다. 위성통화에서처럼 내 목소리가 감이 멀게 들려왔고, 짐짓 경쾌한 척하는 어조 뒤에 따라붙은 작은 웃음소리가 제정신이 아님을 알려주었다. 침대로 돌아왔지만 여전히 고통이 위세를 떨치고 있었다. 수면제를 먹기에는 이미 너무 늦어버렸다. 나는 어렸을 때 외우던 기도를 생각해내어, 예전과 똑같은 효과, 즉 은총 아니면 진정의 효과를 발휘해주리라 기대하면서 그 기도문을 되풀이해서 외웠다. 그리고 동일한 목적으로 자위를 했다. 아침이 오기 전까지 고통은 끝없이 늘어나는 듯했다.
 환각이 시작됐고, 엎드려 있는 배 밑에 돌처럼 견고한,

십계명이 적힌 돌판처럼 견고한 말들이 깔려 있는 것이 보였다. 하지만 그 글자들은 포타주*에 들어간 '알파벳' 모양 파스타처럼 춤추며 서로 만나서 단어를 이루었다가는 해체되고 있었다. 반드시 이 단어들을 붙잡아야만 했다. 놓여나기 위해서 내게 필요한 것들은 바로 이 말들이었고, 다른 말들이 아니었다. 그것들이 내게서 빠져나갈까봐 두려웠다. 그것들을 종이에 적어놓지 않는 한 나는 광기에서 헤어나지 못하리라. 나는 다시 불을 켜고 침대 머리맡에 놓여 있던 『제인 에어』의 첫 페이지에 그것들을 갈겨썼다. 다섯시였다. 잠을 자고 못 자고는 더이상 중요하지 않았다. 나는 결별의 편지를 작성한 것이었다.

바로 다음날, 짤막하고 간결하며 평소와 다르게 전략적이지 않고 어떠한 대답도 요구하지 않는 그 편지를 깨끗하게 다시 베껴썼다. 내용을 잊어버려서 베를렌의 시 제목인 '고전적 발푸르기스의 밤'이 정확히 무엇을 의미하는지는 모르겠지만, 내가 막 그런 밤을 가로질러왔다는 생각이 들었다.

(학교에서 문학 텍스트의 구절들에 제목을 붙이듯이,

---

* 프랑스 요리에서의 수프의 총칭.

자기 삶의 순간들에 제목을 붙이는 것은, 아마도 삶을 제
어하는 수단이 아닐까?)

그는 편지에 답장하지 않았다. 그뒤로도 우리는 가끔
씩, 순전히 의례적인 친교를 위해 전화를 주고받았다. 그
리고 그것 역시 끝났다.

그의 페니스가 생각날 때면, 첫날밤에 본 모습 그대로
떠오른다. 침대에 누워 있는 내 눈앞에, 거대하고 강력하
며 끝이 버섯 갓 모양으로 부푼 채 불끈 솟아 있던 그의
페니스. 마치 영화 속에 나오는 낯선 사람의 페니스 같다.

에이즈 검사를 받았다. 그것은 청소년기에 고해하러
가던 것과 유사한 습관이, 일종의 정화의식이 되었다.

이젠 그 여자에 관해서 이름은 물론 그 어떤 것도 알아

내고 싶은 욕망이 전혀 없다(혹시라도 친절하게 정보를 제공하겠다는 사람들*이 생길지 모르니, 미리 정중히 사양한다는 의사를 밝히는 것이다). 마주치는 모든 여자들이 그 여자처럼 보이는 일도 없어졌다. 파리의 거리를 걸을 때도 이제 신경을 곤두세우지 않는다. 〈해피 웨딩〉이 흘러나와도 라디오 채널을 돌리지 않는다. 가끔씩 무언가를 잃어버렸다는 느낌이 들지만, 더이상 담배나 약물에 의존할 필요가 없음을 깨닫는 사람과 흡사한 정도다.

글쓰기는 더이상 내 현실이 아닌 것을, 즉 길거리에서 머리끝부터 발끝까지 나를 엄습하던 감각이다가, 제한되고 종결된 시간 동안 '집착'이 되었던 것을 보전하는 방식이었다.

---

* 너무 확실한 이니셜이나 지역 이름의 경우, 약간씩 어긋나게―조심하기 위해서든 혹은 다소 의식적인 어떤 동기가 있어서든 간에―표기했지만, 그들이 나의 그런 시스템을 해독했을 수도 있다.(원주)

나 자신을 먹잇감이자 관객으로 삼았던 질투에 휘둘리며 상상이 빚어낸 형상들을 끌어내고, 어떻게 제어해볼 새도 없이 머릿속에서 그 수를 불려가던 상투적 표현의 목록을 조사해보고, 저절로 떠오르고 탐욕스럽고 고통스러우며 기어이 진실과, 그리고 행복—문제가 되는 것은 바로 이것이니까—의 획득을 노리는 그 모든 내면의 말들을 기술하는 일을 마쳤다. 나는, 6개월 동안 쉼없이 화장하고 강의하고 말하고 쾌락을 누린 여자의 비어 있던 이미지와 이름을 마침내 글로 채우기에 이르렀다. 그동안 그런 여자가 다른 곳에서, 또다른 여자의 머릿속과 살갗에서 역시 살았으리라는 짐작조차 못해보고.

이번 여름에 베네치아에 다시 가보았다. 산스테파노 광장, 산트로바소성당, 몬틴 레스토랑, 그리고 당연히 자테레 부둣가 산책로 등 W와 함께 갔던 모든 장소를 다시 둘러보았다. 그와 함께 묵었던 라칼치나호텔 별관의 객실 앞 테라스에는 더이상 꽃들이 놓여 있지 않았고, 덧문은 닫혀 있었다. 그 아래의 카페 쿠치올로의 셔터는 내려져 있었고, 간판은 사라져버렸다. 라칼치나호텔에서 하는 말을 들으니, 별관은 이 년 전부터 닫아놓았다고 한다. 아마도 아파트로 용도 변경해 분양이 되리라. 항만세관 방향으로 계속 걸어가봤지만, 공사 때문에 접근할 수 없는 상태였다. 나는 소금창고들이 죽 늘어서 있는 곳에

앉았는데, 그곳 부둣가에는 밀려들어온 바닷물이 고여 웅덩이를 이룬다. 운하 건너편 주데카섬의 산조르조성당과 레덴토레성당 전면은 방수포로 덮여 있다. 섬의 다른 쪽 끝에는 폐쇄된 물리노 스투키 제분공장의 거무스름한 덩어리가 방치된 채 솟아 있다.

2001년 5~6월, 9~10월.

질투의 심연에서 만난 치열한 글쓰기

'그'가 떠나갔다. '나'는 '그'를 사랑했지만, 그렇다고 홀몸의 자유를 포기할 정도로 사랑한 것은 아니었다. 이렇듯 미적지근한 연인관계를 유지해오던 '그'와 헤어지게 되었다 한들, 그것이 '나'의 삶에 무에 그리 영향을 미치겠는가? 하지만 '그'가 '나'를 떠나기로 결심한 이유가 '다른 여자'를 사랑하게 되어서라면? 갑자기 '그'에 대한 '나'의 빛바래가던 감정은 애초의 생생한 색깔을 되찾는다. '나'와 '그'의 관계를 규정짓던 타성과 습관은 어느새 그 힘을 상실하고, '그'를 되찾고자 하는 '나'의 무시무시한 눈먼 욕망만이 길길이 날뛴다.

아니 에르노의 『집착』은 이렇듯 '나-작가'가 겪은 질투에 관한 이야기다. 에르노의 소설 대부분이 그렇듯이, 작가와 동일시되는 '나-작가'를 내세워 이야기를 이끌어가고 있는 이번 소설 역시 '자전적 허구'로 분류될 만하다. 이처럼 가공이 덜 된, 혹은 아예 가공되지 않은 작가의 체험 자체가 글감이 되는 일은 우리에게도 그다지 낯설지 않다. 아마도 늘 글감이 아쉬울 작가에게는 글감을 바깥에서 찾아 헤매는 대신 자기 안에서 퍼올리는 이러한 글쓰기 방식이 유혹적일 수도 있겠다. 우리네 문단을 훑어봐도, 어느 정도 문단에서 자기 자리를 찾았다 싶은 작가들이 한번쯤은 '자전적 소설' 혹은 '성장소설'을 시도하는 것을 보면 말이다. 하지만 이러한 글쓰기 방식이 작가에게 마냥 이롭지만은 않다. 구성의 긴밀함이 떨어지고 자신과의 대면에서 치열함이 모자랄 때, 자전적 허구는 자서전의 장점도 허구의 장점도 놓쳐버린 실패작이 된다. 독자로서는 적당한 가림과 꾸밈으로 얼기설기 얽어놓은 작품을 만나서 실망스럽고, 만약 그가 깔끔 떠는 독자이기까지 하다면 아무런 긴장감도 불러일으키지 못한 채 주절주절 자신의 삶을 늘어놓은 작품을 대하여 민망스럽기까지 할 것이다.

에르노의 『집착』은 '자전적 허구'를 작가들의 노출 욕구나 배출 통로쯤으로 치부하던 독자들에게는 하나의 예외로 다가온다. 우선, 에르노의 글은 치열하다. 작가는 자신의 삶을 가장 내밀한 부분까지 올올이 드러낸다. '그'가 철저하게 모든 접근로를 차단해버린 '그 여자'를 찾아내기 위한 '나'의 광기서린 행동들, '그'와 '그 여자'에게 내뱉고 싶었고 가끔은 혼자서 입 밖에 내보기도 했던 '나'의 원색적인 말들, 질투에서 야기된 고통을 완화시키기 위한 '나'의 섹스 혹은 자위에의 몰입…… 가리지도 꾸미지도 않는다. 이처럼 타인의 시선에서 완전히 놓여난 글쓰기가 가능한가? 그것도 자신의 삶이 글감이 된 마당에?

아니 에르노는 그것이 가능하다는 것을 보여주는 작가들 중 하나다. '글쓰기, 그것은 무엇보다도 타인의 시선에서 벗어나서 행하는 것이다'라고 못박는 에르노에게 글쓰기란 타인의 시선에서 놓여난 시공간에서 행해야 할 작업이다. 글쓰기가 시작된 그 순간부터 작가의 내면에는 타인의 시선이 틈입할 여지가 없다. 글쓰기 주체로서의 '작가'와 글감이 되고 있는 '나'의 대면만이 있을 뿐이다.

'나는 늘 내가 쓴 글이 출간될 때쯤이면 내가 이 세상에 존재하지 않을 것처럼 글을 쓰고 싶어했다. 나는 죽고, 더이상 심판할 사람이 없기라도 할 것처럼 글쓰기.' 『집착』을 여는 이 첫 문장은 에르노의 작품세계를 꿰뚫고 있는 '작가' '나' '타자'의 관계를 명확하게 드러낸다. 에르노가 이처럼 글쓰기의 가상 조건으로 자신의 '죽음'을 내세운다면, '자신의 글을 심판할 타인의 부재'와 동일시되는 '죽음'만이 타자의 시선에 흔들리지 않는 글쓰기의 가능성을 제공하기 때문이다. 결국, 삼각관계와 질투라는 닳고 닳은 이야기가 자아내는 야릇한 긴장감의 근원을 찾아서 올라가다보면, 영원히 가상 조건일 수밖에 없는 작가의 '죽음' 위에 세워진, 따라서 불가능을 향해 치닫는 글쓰기와 그것을 가능태로 돌려놓으려는 작가의 의지의 맞부딪침과 만나게 된다.

이성의 논리와는 다른 논리를 살아가는 질투라는 뜨거운 감정과, 그것을 관찰하고 해부하고 분석하는 작가의 차가운 이성이 빚어내는 묘한 대조 또한 이 짤막한 글 전체에 넘쳐흐르는 팽팽한 긴장감에 한몫한다. 『집착』은 이성의 극대점에 있는 질투라는 감정과 그것의 표출 양상을 적나라하게 다루고 있지만, 이 적나라함이 감정적인 글쓰기를 의미하는 것은 아니다. 에르노는 지극히 이성적이며 계산할 줄 아는 작가다. 끊임없이 군더더기를 떨어내고, 치밀하게 자르고 다듬어 완벽하게 아귀를 맞추어놓은 문장들 사이에는 세워놓은 바늘을 바라보는 듯한 아슬아슬한 균형이 자리잡는다. 심심치 않게 눈에 띄는, 주어와 동사를 품지 않은 문장들은 이 벼리기 작업의 가시적 결과다. 에르노의 글은 푸근하지 않고, 정련된 문장들이 안겨주는 정신의 긴장을 즐기는 독자들로부터 그래서 더욱 인정을 받는다.

작품의 제목이 단어의 이중적 의미에 기대고 있을 때, 번역가는 곤혹스럽다. 저쪽 언어의 의미체계와 이쪽 언어의 의미체계는 포개지지 않고 늘 조금씩 엇나가면서, 해결책을 찾아 우리말의 이 구석 저 구석을 헤집으며 돌아다니는 번역쟁이의 약을 올린다. '집착'이라는 제목을 달고 한국 독자들에게 선보이는 에르노의 이번 글은 제목 번역이 그다지 수월하지 않았던 경우다.

작가는 '주요 관심사'나 '점령'을 의미하는 'L'Occupation'이란 제목을 고름으로써, '질투'의 두 가지 양상을 겨눈다. 하나는 질투의 메커니즘이 작동한 뒤로 어떤 다른 일에도 정신을 쏟지 못하고 '그 여자'를 찾아내는 일이 '나'의 '주요 활동'이 되어버린 것이며, 다른 하나는 마치 무엇엔가 들리기라도 한 듯 '나'의 의지와 상관없이 '그 여자'의 존재에 완전히 사로잡혀버린 '나'의 상태다. 제목을 번역하면서 느꼈던 갈등은, 프랑스 독자라 해도 텍스트를 읽기 전에는 간파해낼 수 없었을 이 이중적 의미에 어느 정도까지 얽매일 것인가 하는 점이었다. 결국, 작가 스스로도 텍스트 내에서 이 이중적 의미에 대해 언급하고 있으며 작품 전체가 그 두 가지 양상에 대한 해부학적 보고서라고도 할 수 있는 만큼, 번역된 제목의 이중적 의미를 굳이 친절하게 독자의 손에 쥐여줄 필요는 없다고 판단했다. 이런 과정을 거쳐서, 어쩌면 작품의 핵심적 내용과 가장 무난하게 어울린다고도 할 수 있는 '집착'이라는 제목이 탄생했다.

'집착'이라는 제목 대신에 좀 별나게 '들리다'는 동사의 명사형을 하나 만들어서 '들림'이라는 제목을 달아주면 어떨까 하는 생각을 문득문득 했다. "무슨 의미로 'occupation'이라는 단어를 썼을까"라는 프랑스 독자들이 품었을 의문을 "무슨 의미로 '들림'이란 말을 사용했을까"라는 한국 독자들의 의문으로 대체해보고 싶은 충동이 들었기 때문이다. 제목의 경우를 예로 들긴 했지만, 거의 모든 문장이 이런 망설임과 미묘한 갈등 끝에 태어난다. "'아' 다르고 '어' 다르다"는 말은 번역가에게는 늘 생생하게 다가온다. 겉으로 보기에는 아무 망설임 없이 빠른 속도로 번역을 해나가는 것 같지만, 번역가는 그 찰나에도 이 '아'와 '어' 사이의 갈등을 겪고 있다고나 할까. 이렇듯, 독자가 읽게 되는 최종 번역본 뒤에는 무수히 많은 또다른 번역본들이 존재한다. 그 번역본들은, 실제로 혹은 번역가의 머릿속에서, 잠시 살다가 사라져버리고 만 최종 번역본의 잠재태들이다. 번역에 하나의 정답만이 있는 것은 아니다.

좋아하는 작가 에르노의 글을 내 번역에 실어 한국 독자들에게 선보일 기회를 준 문학동네에 감사의 마음을 전한다.

정혜용

1899년   아버지 알퐁스 뒤셴 출생.

1906년   어머니 블랑슈 출생.

1928년   노르망디의 소읍인 이브토의 공장 노동자였던 아버지와 어머니가 밧줄 제조 공장에서 만나 결혼함.

1931년   이브토에서 25킬로미터 떨어진, 방직 공장 노동자들의 거주 지역인 릴본으로 이사해 카페 겸 식료품점 개업.

1932년   첫째 딸 지네트가 태어나 여섯 살 때 디프테리아로 사망(언니 지네트의 죽음과 그 빈자리를 채우기 위해 태어난 듯한 유감을 『나는 나의 밤을 떠나지 않는다 *Je ne suis pas sortie de ma nuit*』에서 서술).

1940년   9월 1일 아니 에르노 출생.

1945년   다시 이브토로 돌아가 3개월 뒤 가게를 개업.

1952년   6월 15일 아버지가 어머니를 죽이려 한 사건이 발생(이 사건의 충격과 수치심을 『부끄러움

La honte_』에서 밝힘).

1958년	작별인사도 없이 떠난 클로드 G.를 기다림.
1960년	루앙대학교 문학부 입학.
1963년	7월 17일 로마에서 Ph.를 기다림.
	11월 8일 임신 사실을 알게 됨.
1964년	1월 15일 낙태수술을 받음. 이 시기의 경험을 『사건_L'Événement_』에서 서술.
	2월 필립 에르노와 결혼.
	4월 2일 임신 사실을 알게 됨. 첫째 아들 에릭 출산.
1967년	4월 25일 리옹의 크루아루스 지역에 있는 고등학교에서 중등교사 자격시험을 치르고 합격함.
	6월 25일 아버지가 심근경색으로 사망함.
1968년	둘째 아들 다비드 출산.
1970년	1월 카페 영업권을 포기한 어머니가 안시의 아니 에르노의 집에서 함께 지내게 됨.
1971년	현대문학교수 자격시험 합격.
1974년	'자전적 소설'에 속하는 작품인 『빈 옷장_Les armoires vides_』 발표.
1976년	10월 『그들의 말 혹은 침묵_Ce qu'ils disent ou rien_』 집필을 마치고, 이듬해 발표.
1977년	프랑스 국립 원격교육원(CNED) 교수로 2000년

까지 재직함.

1981년   '자전적 소설'로 분류되나 작가는 '전통적 의미의 허구를 포기하는 방향으로 나아가며 거친 과도기적 텍스트'라 평가한. 자신의 결혼을 다룬 『얼어붙은 여자 *La femme gelée*』 발표.

1982년   11월 아버지의 삶을 다룬 '자전적·전기적·사회학적 글'인 『자리 *La place*』 집필을 시작해 이듬해 6월 탈고.

필립 에르노와 이혼 후 피렌체로 여행을 떠남.

1983년   9월 어머니를 양로원에서 집으로 모셔옴.

12월 '내면일기'로 분류되는 『나는 나의 밤을 떠나지 않는다』 집필 시작. 치매에 걸린 어머니가 사용한 문법적으로 어긋난 문장을 그대로 작품의 제목으로 차용함.

1984년   2월 퐁투아즈병원으로 어머니를 모심.

P(『나는 나의 밤을 떠나지 않는다』에서는 A로 지칭)를 클로드 G.를 기다릴 때처럼 기다림.

『자리』를 발표해 르노도상을 수상함.

1986년   4월 7일 어머니가 80세의 나이로 퐁투아즈노인요양원에서 사망함.

4월 20일부터 『한 여자 *Une femme*』를 쓰기 시작해 이듬해 2월 26일 마침.

	4월 28일『나는 나의 밤을 떠나지 않는다』탈고.
1988년	『한 여자』발표.
	9월 25일 러시아에서『단순한 열정 *Passion* *simple*』에 등장하는 A(『탐닉』에 등장하는 S와 동일 인물)를 만남.
	9월 27일부터『단순한 열정』의 내면일기인 『탐닉 *Se perdre*』집필 시작.
1989년	9월 피렌체 여행.
	11월 15일 A가 모스크바로 떠남.
1990년	1월『부끄러움』집필 시작.
	4월 9일『탐닉』탈고.
1991년	1월 20일 A를 다시 만남.
	『단순한 열정』출간.
1992년	11월 서른세 살 연하의 필립 빌랭을 만남.
1993년	1985년부터 7년간 쓴 일기를 모은『바깥일기 *Journal du dehors*』출간.
1996년	10월『부끄러움』탈고.
1997년	『나는 나의 밤을 떠나지 않는다』와『부끄러움』출간.
	1월 필립 빌랭과 결별(그해 빌랭은『단순한 열정』의 서술방식을 차용해 아니 에르노와의 사랑을 다룬 소설『포옹 *L'Étreinte*』을 발표).

1999년	2월부터 10월까지 『사건』을 집필해 이듬해 출간.
2000년	1993년부터 1999년까지 쓴 일기를 모은 『외적인 삶 *La vie extérieure*』 출간.
2001년	『탐닉』 출간. 5~6월, 9~10월 『집착 *L'Occupation*』을 집필하고 이듬해 출간.
2002년	작품세계에 지대한 영향을 미친 사회학자 피에르 부르디외가 사망하자 〈르몽드〉에 「슬픔」을 기고함. 10월 3일 유방암 때문에 처음으로 퀴리 연구소 방문.
2003년	2001년 6월부터 2002년 9월까지 프레데리크 이브 자네 교수와 이메일로 나눈 대담인 『칼 같은 글쓰기 *L'Écriture comme un couteau*』 출간. 발두아즈주^州에서 그녀의 이름을 딴 '아니 에르노 문학상'이 제정됨. 1월 22일 마크 마리를 처음 만남.
2004년	5월 24일 마지막으로 화학치료를 받음. 10월 22일 『사진 사용법 *L'Usage de la photo*』의 서문 작성. 이후 마크 마리와 함께 글과 사진 작업을 계속해 2005년 발표.

2008년	『세월 *Les années*』로 마르그리트 뒤라스 상, 프랑수아 모리아크 상, 프랑스어상 수상에 이어 2009년 텔레그람 독자상을 수상함.
	『집착』을 스크린으로 옮긴 영화 〈다른 사람〉 상영.
2011년	『다른 딸 *L'Autre fille*』과 『검은 아틀리에 *L'Atelier noir*』 발표.
	열두 편의 자전소설과 사진, 미발표 일기들을 담은 선집 『삶을 쓰다 *Écrire la vie*』가 생존 작가로는 최초로 갈리마르 콰르토총서에 수록됨.
2013년	『이브토로 돌아가기 *Retour à Yvetot*』 발표.
2014년	『빛을 바라봐, 내 사랑 *Regarde les lumières, mon amour*』 발표.
2016년	『소녀의 기억 *Mémoire de fille*』 발표.
2020년	2011년 출간된 『삶을 쓰다』에 실렸던 글 중 엄선하여 새롭게 『카사노바 호텔 *Hôtel Casanova et autres textes brefs*』 출간.
2022년	노벨문학상 수상.